AF343952

COLLECTION DE FEU M. MAPS (M^{ce} BONVOISIN)

Vente du Samedi 17 Mai 1913 — Hôtel Drouot, Salle n° 7

N° 171 *bis* du Catalogue

ŒUVRE de

FÉLICIEN ROPS

(Gravures, Dessins, Autographes, Livres)

Estampes et Dessins Modernes

Commissaires-Priseurs :
Me André DESVOUGES, 26, rue de la Grange-Batelière
Me Georges ALBINET, 83, rue Taitbout

Expert :
M. Leo DELTEIL
38, Rue de Châteaudun

Nº 164 du catalogue

ŒUVRE

DE

Félicien ROPS

———

Estampes et Dessins modernes

———

CONDITIONS DE LA VENTE

Elle sera faite au comptant.

Les adjudicataires paieront *dix pour cent* en sus des enchères.

M. Léo DELTEIL remplira les commissions que voudront bien lui confier MM. les Amateurs ne pouvant y assister.

MM. les Amateurs pourront visiter la collection, du *Mardi 13 au Vendredi 16 Mai 1913*, **38, rue de Châteaudun**.

CATALOGUE

DE

l'ŒUVRE DE

Félicien ROPS

(Gravures, Dessins, Autographes, Livres)

Estampes et Dessins modernes

de

GAVARNI, ISRAELS, L. LEGRAND, H. MONNIER, etc.

Dessins originaux de MARS

Dont la Vente aura lieu : A PARIS, HOTEL DROUOT, Salle N° 7

LE SAMEDI 17 MAI 1913

à 2 heures précises

Par le Ministère de Me André DESVOUGES, Commissaire-Priseur

26, Rue de la Grange-Batelière

et de Me Georges ALBINET, Commissaire-Priseur

83, Rue Taitbout

Assisté de M. Léo DELTEIL

Marchand d'Estampes-Expert

38, Rue de Châteaudun, 38. — PARIS

Œuvre de Félicien ROPS

GRAVURES, DESSINS, AUTOGRAPHES,

LIVRES

———

1. La Muse de Rops. — Portraits de F. Rops, par
Burney, Jean La Palette, etc. — Quatre pièces, belles
épreuves (une sur *japon* ; *2 signées de F. Rops*).

2. Portraits de F. Rops : gravures sur bois et photo-
graphies. Réunion de 16 pièces.

3. Rops dans son atelier. Gravure sur bois par Baude,
d'après Mathey. — Dix épreuves *avant la lettre*.

4. La Diligence d'Uccle (E. Ramiro 2). — Fantaisie
pour Violoncelle (50). Deux pièces. Très belles épreuves *signées*.

On y a joint :

« La Diligence d'Uccle, » avec quelques variantes,
tiré de l'album : L'Autographe au salon de 1864.

5. La Buveuse d'absinthe. (Gravé par Fréd. Chevalier
(7). — La Buveuse d'absinthe. Héliotypie Maës. *Légende en vers autographe de Henri Liesse*, ajoutée. —
La Buveuse d'absinthe. Edition Pellet. Ep. sur *Japon*.
— Trois pièces, belles épreuves

6. La Femme à la toque écossaise (23). Belle épreuve
sur *japon*, provenant de la *collection Poulet-Malassis*.

7. Les Adieux d'Auteuil (30). Très belle épreuve *signée*.
(*Sonnet et lettre autographes, de Henri Liesse,
ajoutés*).

8. — La même pièce. Belle épreuve.

On y a joint une héliotypie de Maës, représentant le
même sujet, en sens inverse et portant le titre : *Le secret
de Polichinelle*.

9. Bouvier ardennais (31). Très belle épreuve *d'état,
avant les fonds et divers travaux, et avec retouches au
crayon par l'artiste*. Etat et épreuve uniques.

10. Norvégienne (32). Très belle épreuve du *1er état :
Borso, août 1874 ; signée*, provenant de la *Collection
Poulet-Malassis*.

11. Ma Tante Johanna (39). Très belle épreuve du *2e état*,
sur *japon*, avec *vers autographe de H. Liesse*, ajoutés.

12. — La même pièce. Deux belles épreuves des *3e et
4e états, sur japon et sur vélin, signées*.

13. Le Bassoniste (40). Belle épreuve du *2e état, sur
japon, signée* du monogramme.

14. — La même pièce. Deux belles épreuves sur *japon
et hollande, signées*.

15   L'Oncle Claës et la Tante Johanna (42). Deux très belles épreuves, du *2e état, avant les tailles obliques dans le fond à gauche*, et du *3e état, avec une petite tête d'homme, en marge*, sur *japon et sur chine monté, signées*.

16. — La même pièce. Deux belles épreuves, du *5e état sur japon, signée, et tirage de l'Artiste*. — On y a joint une petite reproduction

17. Oncle Claës et Tante Johanna. — **Dessin** original à la plume.
Haut. 0.135 × Larg. 0.10

18. La Femme au trapèze (53). — L'Oliviérade (55). — Deux pièces, belles épreuves, *la 1e signée*.

19. Metella (56). — Deux belles épreuves, *une d'état, avant la signature et les inscriptions, sur japon mince, signée, et avec la lettre*.

20. L'Affûteur (57). — Deux très belles épreuves des *1er et 4e état*, sur *hollande et sur japon, la 1re signée*.

21. L'Affûteur. — **Trois croquis** originaux.

22. Oude-Kate (60). Très belle épreuve sur *japon, signée*.

23. Oude-Kate (60). — Oude-Kate, grande planche. — Deux pièces, belles épreuves *signées*.

24. Pallas (62). Très belle épreuve *signée*.

25. Pallas. — **Dessin** original au crayon et encre de chine, sur parchemin, signé.
Haut. 0.25 × Larg. 0.15.

26. L'Ariette (63). Très belle épreuve sur *japon, signée*.

27. Mon Bourgmestre (64). — Jean Brouette (68). — Deux pièces, belles épreuves *signées*.

27 *bis*. Le Modèle (65). Belle épreuve signée des initiales.

28. La Dalécarlienne (66). Deux très belles épreuves des 3ᵉ et 4ᵉ état, sur japon, *signées*.

29. La Bucheronne ou le Grand Paysage Brabançon (67). Deux très belles épreuves, *l'une avec remarques, sur hollande et sur japon, signées*.

30. La Chasse au Lièvre (71). — Trois belles épreuves, *une d'état, avant le nom de l'artiste (2 sur japon, signées)*.

31. William Lesly (72). Très belle épreuve *d'état, avant l'inscription, sur japon, signée*, provenant de la *Collection Poulet-Malassis*.

32. William Lesly (72). Deux très belles épreuves sur *hollande et sur japon, signées*.

33. Canicule (84). Très belle épreuve *sur japon, signée*.

34. La Dame au Carcel (85). Très belle épreuve *signée*.

35. Le Rydeack (87). Très belle épreuve *sur japon* (Edition Pellet).

36. Pilier d'église (90). — L'Oracle du Hameau (95). Deux pièces, très belles épreuves sur *japon et sur hollande, signées*.

37. Le Doigt dans l'œil (99). Très belle épreuve *sur japon, signée des initiales*.

38. La Baie de Nipe. Gravure sur bois (108). — Les Laveuses (110). *2 épreuves*. — Ens. trois pièces, belles ép., les deux premières sur *chine et japon, signées*.

39. La Vieille Masken, servante anversoise (112). Deux belles épreuves *signées (1 imp. en bistre)*.

40. La Grève, petite planche (121). Deux belles épreuves du tirage de *l'Artiste. Une signée* des initiales et l'autre sur *chine monté*.

41. — La même pièce. Trois épreuves de *l'Artiste, une signée*.

42. Dans la Pusta, grande pl (123). Deux épreuves de *l'Artiste.* — Dans la Pusta, petite pl. *(123 bis).* — Dans la Pusta, nouvelle planche (526). — Ensemble quatre pièces, belles épreuves *signées*, les ? dernières sur *japon*, 1 sur *chine monté*.

43 Le Semeur de Paraboles (130). Très belle épreuve sur *japon, signée des initiales*.

44. — La même pièce. Trois belles épreuves du tirage de *l'Artiste, 2 signées des initiales*.

45. La Sieste, grande pl. (131). Très belle épreuve sur *japon* (Edition Pellet).

46. La Sieste, petite pl. (132). Belle épreuve *signée*.

47. Le Train des Maris (146). Très belle épreuve *signée*.

48. Douce folie (147). Très belle épreuve sur *japon, signée*.

49. Le Spinx, grande pl. (149 *bis*). Très belle épreuve *signée*.

50. La Poupée du Satyre (150). Très belle épreuve sur *japon, signée des initiales.*

51. — La même pièce. Deux épreuves de *l'Artiste* (le titre a été gratté), *une signée.*

52. Vieille gouge (156). Très belle épreuve sur *japon, signée des initiales.*

53. La Petite Liseuse (157) Très belle épreuve sur *japon, signée.*

54. Mademoiselle de Maupin, grande pl. (162). Très belle épreuve sur *japon, signée.*

55. La Foire aux amours, petite pl. (164). Deux très belles épreuves, *une signée,* l'autre *imp. en bistre.*

56. — La même pièce. Deux très belles épreuves *signées,* une du tirage de *l'Artiste (titre gratté).*

57. Modernité (171) — La Colère (173). — Deux pièces, belles épreuves *signées (le titre de l'Artiste a été gratté).*

58. Dimanche ! (Griserie flamande) (175). Très belle épreuve *signée.*

59. — La même pièce. Deux épreuves de l'Artiste, *signées. Le titre de l'Artiste a été gratté sur l'une d'elle).*

60. Le Pendu (*176*). Très belle épreuve *signée des initiales.*

61. — La même pièce. Deux belles épreuves *signées des initiales ; une du 1er état.*

62. La Dame au Cochon, grande pl. gravée par Bertrand (239 *bis*). Très belle épreuve *imprimée en couleurs, sur japon.*

63. — La même pièce, petite pl. gravée par Gaujean. — Deux très belles épreuves sur *japon, signées (1 imp. en couleurs)*

64. La Dame au Cochon. Deux pièces : 1° Photographie signée. — 2° *Lettre autographe* de F. Rops à Mars, 21 avril 1879, 4 pp. in-12, relative à ses œuvres, en autre à son dessin de *la Pornocratie* qu'il désire vendre et dont le placement lui semble difficile.

65. — *Lettre autographe* de F. Rops à Mars, 20 fév. 1879, 14 pp. in-12

Très importante lettre toute relative à ses œuvres, en en autre à son dessin « La Dame au Cochon, » et contenant plusieurs croquis, dont un à pleine page représentant le dit sujet.

66. Imprudence (243). Belle épreuve *d'état, sur japon, lirée par Nys, dans l'atelier de F. Rops.*

67. — La même pièce. Très belle épreuve sur *japon, signée (doublée).*

68. — La même pièce. *Dessin* original à la mine de plomb, *signée*
H. 0.18 × L. 0.14.

69. Nubilité (267). Très belle épr. *imp. en couleurs. sur japon* (Edition Pellet).

70. Offertoire (280). Belle épreuve sur *papier ancien, signée* (petite déchirure).

71. **Menus, Lettrines, Adresses :** Le Grand Marmiton (282). — La Défense du Budget (286). — Le Dindon (294). — Les Violettes, pour Mme J.-B. (324). — La Presse, pour M. F. Nys. *2 épreuves.* — Ens. six pièces *(3 sur japon ; 4 signées).*

72. **Le Docteur. Menu (289).** Très belle épreuve *signée*, avec en marge *deux dessins originaux au crayon :* *Micke, la mère des pilote* et *Ulissingen* (Bateau à voile).

73. **La Crémaillère. Menu (295)** Très belle épreuve du *1er état, sur japon, avec croquis originaux à la plume et légende autographe de menu.*

74. **Rimes de joie. Affiche (336).** *Epr. imp. en deux tons, noir et rose.* — **Les Sonnets du Docteur (350).** — **Ecchymoses (657).** — **Auscultation (658).** — Quatre pièces, très belles épreuves *signées (3 sur japon).*

75. **Médaillon de la Société Int^{le} des aqua-fortistes (61).** — **Nouveau Cirque. Programme (337).** — **L'Artiste (338).** — **Album du Gaulois (405).** — **La Vie Elégante (446).** — **L'Ondine (469).** — **Derrière le Rideau.** — **La Bataille de Solférino.** — **Exposition de la Société royale d'Horticulture de Namur, etc.** — Réunion de 23 pièces (14 signées).

76. **Nouveau Cirque. Programme (337).** — **L'Artiste (338).** **Album du Gaulois (405).** — **Journal de Musique.** — **La Vie élégante (446).** — **L'Ondine (469).** — **Médaillon de la Société Int^{le} des aqua-fortistes (61), etc.** — Ens. 45 pièces, la plupart en nombre, plusieurs épreuves signées.

77. **Les Diaboliques (339-347).** Suite complète de 1 portrait par Rajon, 1 frontispice et 8 figures, très belles épreuves *avant la réduction des cuivres, signées.*

On y a joint les figures 1 (*Le Rideau Cramoisi*), 4 (*A un dîner d'Athées*) et 8 (*La Femme et la folie dominant le monde*) en *épreuves d'état, et signées.*

Ensemble 13 pièces.

78. Les Epaves (349). — Des Conflits entre chasseurs et propriétaires (407). — Le Fer Rouge (408). — Gaspard de la Nuit (424). — Quatre pièces, belles épreuves sur *chine (3 signées)*.

79. Le Cabinet satyrique du XVII siècle (352). — Le grand et le petit trottoir (374). *Ep. avant l'inscription.* — Les Cythères parisiennes (375). — Les Bas-fonds de la Société (423). —Alfred de Musset. Frontispice (425). — Le Théâtre Gaillard (472-473), *2 pièces.* — Le Parnasse satyrique du sieur Théophile (482). — Ens. huit pièces, belles épreuves, *sur chine, japon et hollande (6 signées)*.

80. Les Amusements des Dames de Bruxelles (353). — Les Chansons badines de Collé (354). — Les Cousines de la Colonelle (369). — Un été à la Campagne (370). — La Messe de Guide (419). — La Fleur lascive orientale (402). — Ens. 6 pièces, très belles épreuves *(2 sur japon, 4 signées)*.

81. Les Chansons badines de Collé (354). — Très belle épreuve du *1er état, avec remarque, et avant la réduction du cuivre, sur japon, signé.*

82. Le Pendu ou la Mère Gand et le fils Charles. (357). Belle épreuve *sur japon, signée des initiales*, provenant de la *Collection Poulet-Malassis.*

83. Le Sire de Lumey (358).— Trois très belles épreuves des *1er, 3e et 4e état, sur chine, signées des initiales,*

84. Le Sire de Lumey. **Dessin** calqué à la plume, *signé.* Haut. 0. 244 × Larg. 0. 135.

85. Le Buveur (359). Trois très belles épreuves des *1e 2e et 3e état, sur chine et vélin, signées.*

86. Le Buveur. **Beau dessin** à la mine de plomb, *signé*.
Haut. 0.20 × Larg. 0.13.

87. Histoire anecdotique des Cafés et Cabarets de Paris,
(371). — Le Grand et le Petit Trottoir (374). *2 épreuves
dont 1 avant l'inscription.* — Les Cythères Parisiennes (375). — Les Bas-fonds de la Société (423). —
Cinq pièces, belles épreuves *signées* (sauf 1).

88. Les Cythères Parisiennes. Planche d'ensemble (395).
Très belle épreuve *sur chine, avant l'adresse de l'im-
primeur, signée.*

89. Catéchisme des gens mariés (401). Deux très belles
épreuves des *1ᵉʳ et 3ᵉ états, sur japon, la 1ʳᵉ signée.*

90. La Fleur lascive orientale, grande pl. (402). Très
belle épreuve *sur japon, signée.*

91. Margot la ravaudeuse (404. — L'Escole des Filles
(422). — Alfred de Musset. Frontispice (425). — Anan-
dria. *2 planches différentes.* (449 et 450). — L'Art
priapique (451). — Les Gaietés de Béranger (452). —
Lupanie (453). — Point de lendemain (456). — Les
Quatre métamorphoses (459. — La Tentation (Tableaux des mœurs du temps (477). — Onze pièces,
belles épreuves *sur chine. (6 signées).*

92. Les Jeunes France (406). Trois très belles épreuves
du *1ᵉʳ 2ᵉ et 3ᵉ états, sur vélin et sur chine, signées,
(2 retouchées au crayon par F. Rops).*

93. Les Jeunes France. **Dessin** original au crayon et à la
plume, *signé.*
H. 0.16 ; L. 0.10.

94. Des Conflits entre chasseurs et propriétaires (407).—
Le Fer Rouge (408). — Œuvres badines de Grécourt
(409). — Le Roman d'une nuit (418). — Alfred de
Musset. Frontispice (425). — J.-F. Millet, souvenirs de
Barbizon. Frontispice (431). — Six pièces, belles
épreuves *signées* (sauf une).

95. Œuvres badines de Grécourt (409). — Rimes de joie
(412). — Le Diable dupé par les femmes (416). — Le
Roman d'une nuit (418). — La Messe de Guide (419).
— La Spère de la lune (434). — Six pièces, très belles
épreuves *signées (4 sur japon)*.

96. Rimes de joie (412). Très belle épreuve du *2e état,
avec remarque et avant la coupure du cuivre, signée.*

97. L'Art moderne ou la Lecture du Grimoire (413) Très
belle épr. sur *japon, signée.*

98. — La même pièce. Deux belles épreuves *signées*.

99. Folies-Bergère (414). Deux très belles épreuves d'*états
différents, signées.*

100. Alfred de Musset. Frontispice (425). *3 épreuves, dont
une d'état.* — Don Paez (426). — Ens. 4 pièces, belles
épreuves *sur chine (3 signées).*

101. Curieuse (427). — Le Vice suprême (428). — Imita-
tion sentimentale (635). — A Cœur perdu (640). —
Quatre pièces, belles épreuves *(3 signées).*

102. Hommage à Pan ou Curieuse. Grande pl. Très belle
épreuve sur *japon, signé.*

103. Hommage à Pan ou Curieuse. Gravé par Bertrand.
Très belle épreuve *imprimée en couleurs.*

104. J.-F. Millet. Souvenirs de Barbizon. Frontispice
(431). Deux très belles épreuves des *1er et 2e état, sur
chine et japon, la 1e signée.*

105. Son Altesse la Femme : La Femme au pantin (442).
— Le Vray miroir de Sorcellerie (L'Évocation) (443).
— Le Bout du Sillon (444); — L'Amour à travers les
âges (445). — Quatre pièces, belles épreuves *imprimées en couleurs, signées.*

106. La Dame au Pantin. Deux sujets différents, photo-
graphies in-fol., l'une avec *sonnet autographe de*
H. Liesse, ajouté : la *2e signée de F. Rops.*

107. Le Bout du Sillon. Gravé par Bertrand. Très belle
épreuve *imprimée en couleurs.*

108. Le Bout du Sillon. Édition Pellet. Deux très belles
épreuves sur *japon.*

109. Son Altesse la Femme (L'Amour à travers les âges).
(445). — Quatre très belles épreuves *en différents états,*
signées (2 imp. en couleurs).

110. Les Exercices de dévotion de M. Henri Roch (447).
— Très belle épreuve *imprimée en couleurs, signée.*

111. Les Exercices de dévotion de M. Henri Roch, grande
pl. (448). Très belle épreuve *sur japon, signée.*

112. Les Gaietés de Béranger (452). — Lupanie (453). —
Le Parnasse satyrique du sieur Théophile (482). — Tableaux des mœurs du temps. Frontispice, 2 vignettes
et 1 cul-de-lampe (475-478). *4 pièces.* — Ens. sept
pièces, belles épreuves *sur chine et japon (6 signées).*

113. Le Père Muck (513). Très belle épreuve *signée.*

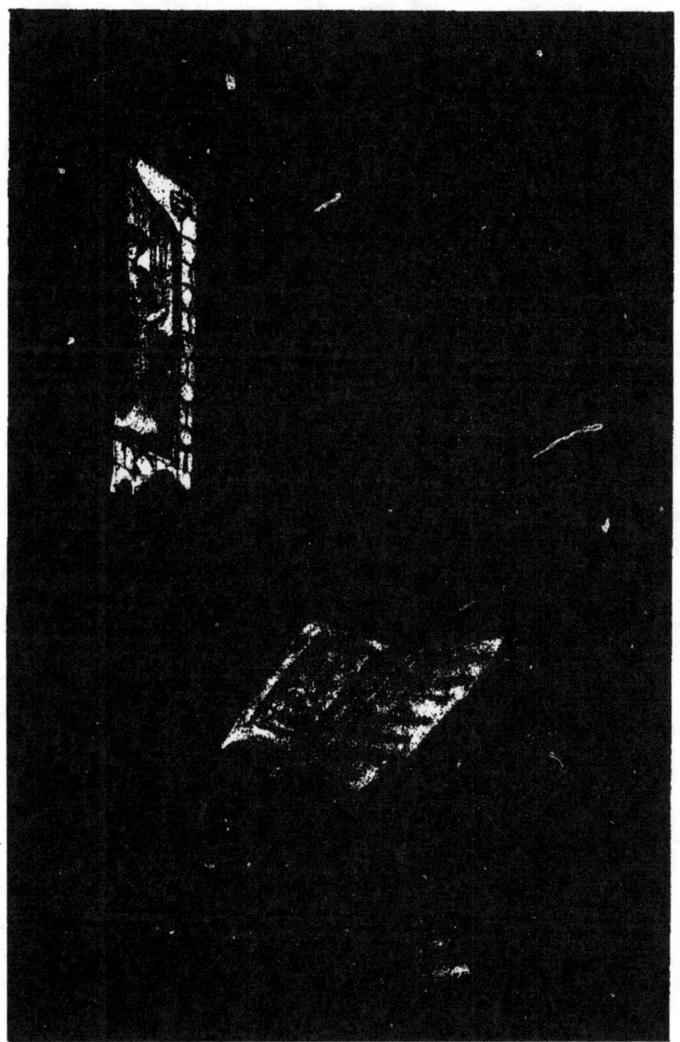

N° 113 du catalogue

114. Laitière flamande (531). Deux très belles épreuves,
1 signée.

115. Evocation ou Incantation (540). Superbe épreuve sur
japon, signée.

116. — La même pièce. Edition Pellet. Très belle
épreuve sur *japon.*

117. Poisson rare (549). — Le Livre moderne (571). —
Deux pièces, très belles épreuves *signées, 1 sur japon.*

118. Le Médecin des Fièvres (552). Superbe épreuve sur
japon, signée.

119. Hamadryade (556). Trois très belles épreuves *d'états
différents (1 en 1er état), sur japon et sur hollande,
2 signées.*

120. Vendangeuse (564). Deux très belles épreuves, la
*1re sur japon, signée des initiales, la 2e sur chine monté,
du tirage de l'Artiste, avec la planche de « La Liseuse ».*

121. Très vieille (565). — Porteuse de poisson (579). —
Une Pianiste Shaker (582). — Trois très belles
épreuves *signées.*

122. La Pudeur de Sodome, grande pl. (569). — Très belle
épreuve *signée.*

123. Porteuse de Poisson (579). Très belle épreuve sur
japon, signée des initiales.

124. Notes d'un vagabond (634). Très belle épreuve *sur
japon, signée des initiales.*

125. Maturité (637). Très belle épreuve *signée.*

126. — La même pièce. Trois belles épreuves *signées*
(*1 imp. en sanguine sur japon*).

127. Chez les Passants (643). Trois très belles épreuves
des *1er*, *2e et 4e états, les deux premières signées*.

128. Morgat (652 656). Frontispice au vernis mou (Sirène
à l'affût), et 4 fleurons et culs-de-lampe gravés sur
bois, *en double épreuves*, soit 9 pièces. Très belles
épreuves *sur japon (5 signées)*.

129. Peine (676). Très belle épreuve du *1er état, sur japon*,
signée.

130. Le Botaniste. Très belle épreuve *sur japon* (Edition
Pellet).

131. La Dame en noir. — L'Examen. — Détritus humain.
— Lassata. — Quatre pièces, très belles épreuves *sur
japon* (Edition Pellet).

132. L'Experte en dentelles. — La Dentellière. — Le
Gandin ivre. — Trois pièces, très belles épreuves *sur
japon* (Edition Pellet).

133. L'Experte en dentelles. — Têtes de vieilles flamandes, *2 pièces*. Ens. trois pièces, belles épreuves, *1 sur
japon* (Edition Pellet).

134. La Feuille de Vigne. Belle épr. *sur japon, signée*.

134 *bis*. Flirt. Belle épreuve signée des initiales

134 *ter*. Gourgandine. — Belle épreuve *signée*.

135. Holocauste. Très belle épreuve *signée*.

136. La Lecture du Grand Albert. — Suffisance. — Le
Massage. — La Gardeuse d'abeilles. — Quatre pièces,
très belles épreuves. *1 sur japon* (Edition Pellet),

137. Le Quatrième verre de Cognac. Vernis mou. Très
belle épreuve sur *japon*.

138. La Saisie, 1877. — Réunion de Dix pièces. 1° Photo-
graphies; *7 épreuves, dont 1 sur gélatine, repoussée.* —
2° Reproduction Pellet. *Très belle épreuve sur japon.*
— 3° *Lettre autographe* de F. Rops à Mars, 9 mai 1877,
relative principalement à la dite pièce et contenant un
croquis du sujet ; 4 pp. in-12. — 4° Petite reproduction.

139. Le Scandale. Gravé par Bertrand. Très belle épreuve
*avec remarque, imprimée en couleurs, signée par Féli-
cien Rops.*

140. Le Traité de la Chasteté, 1882. — Superbe épreuve
*imprimée en couleurs, sur peau de vélin, signée (Epreuve
unique).*

141. Vin d'Espagne. Gravé par Bertrand. Très belle
épreuve *imprimée en couleurs.*

142. Oncle Claës et tante Johanna (42). — Les Laveuses
(110). — Dans la Pusta (123). — Vieille Gouge (156).
— Modernité (171). — La Colère (173). — Laitière flamande (531). — Hymadriade (556), *3 épreuves.* — Porteuse de poisson (579), *2 épreuves.* — Douze pièces,
belles épreuves de l'*Artiste, la plupart avec les titres
grattés (4 signées).*

143 Oncle Claës et Tante Johanna (42). — Pilier d'Église
(90). — L'Oracle du Hameau (95) — La Parabole du
Semeur (130). — La Foire aux amours (164). — Gri-
serie flamande (175). — Laitière flamande (531). —
Hamadryade (556). — Une Pianiste shaker (582). —
Neuf pièces, belles épreuves de l'*Artiste*.

144. La Vieille aux fleurs de lys (135). — Vieux jeu (543).
— Planche de croquis, *par F. Rops et Mars*. — Planches d'Études. — Réunion de Dix pièces, *plusieurs
doubles ou d'états différents*. Belles épreuves *(2 sur
japon, 1 sur chine ; 4 signées)*.

145. La Presse, pour M. F. Nys. *2 épreuves, dont une avec
facture de Nys*. — Lettres autographes de Nys.
3 pièces. — Portrait de Nys. Photographie. — Lettre
autographe de Th. Hannon. — Plan-projet de Rops
pour sa table de travail. *Deux croquis originaux*. —
Essais de vernis mou. *4 planches*. — Salon de la
Plume. Exposition de l'Œuvre de F. Rops. *2 épreuves*.
— Le Livre moderne. Fleuron. — Revue de la Mode.
Costumes composés par Rops pour Mme Duluc, etc. —
Réunion de 22 pièces.

146. Les Chansons de Collé (354). — Curreuse (427). —
Le Vice suprême (428). — L'Amour à travers les âges
(445). *Ep. imp. en couleurs*. — Notes d'un vagabond
(634). — A Cœur perdu (640). — Masques parisiens
(642). — Echymoses (657). — Auscultation (658). etc.
— Dix pièces *(3 signées)*.

147. Légendes flamandes (363-365). *3 pièces, plus 1 en
double signée*. — Les Chansons de Collé (354). — Le
Vice suprême (428). — J.-F. Millet. Souvenirs de
Barbizon (431). — L'Amour à travers les âges (445).
Ep. imp. en couleurs. — Ecchymoses (657). *2 épreuves*.
Ens. Dix pièces.

148. OEuvres inutiles ou nuisibles. — L'Attrapade. — La
Tentation de Saint Antoine. — Trois pièces gravées
d'après F. Rops. Belles épreuves auxquelles on a joint
*2 lettres autographes de F. Rops, 1877-1878, relatives
principalement à l'Attrapade et la Tentation de
St Antoine.*

149. Carnet mondain. Titre et 3 figures, gravées sur bois
par Prunaire, *en double état. en noir, sur chine, et en
couleurs, plus 2 doubles*, soit 10 pièces. Belles épreuves
signées des initiales.

150. Le Timbre d'Argent. Procédé (165). — Onze épreuves
(4 signées).

———————

151. **Uylenspiegel**. En-têtes du Journal. Deux pièces
sur chine monté, dont une avec croquis original au dos.
— La Réception d'un nouveau-né (n° 2 *bis* des lithographies). *Rarissime épreuve d'essai, non publiée ; la
planche a été refaite entièrement pour la publication.*
— Ens. Trois pièces.

152. Déclaration d'un nouveau-né (n° 2 des lithographies).
— Les Faillites de Cupidon, après le Carnaval ;
2 pièces (6-7). — Faubourg de Cologne, Conférences ;
2 pièces (9-10). — Pâques (12). — Les Frambroisy.
Monsieu ! je crois .. (14). — Les Vieilles monnaies
(16). — La nouvelle monnaie (17). — Ensemble,
9 pièces, belles épreuves.

153. Faubourg de Cologne, Conférences. 2 pièces (9 et 10).
— Réunion de Dix-huit épreuves, dont 8 en numéros
du Journal.

154. Les Vieilles monnaies (16). — La Nouvelle monnaie
(17). — Trinité photographique (18). — Les Bourgeois. C'est le printemps,... (20). — Poésie. J'aime à
voir (59). — Prose. Bouvines,... (60). — Les Etrennes
(84). — Mme Ristori (58). *2 épreuves*. — Fr. Wilbrant
(85), *3 épreuves*. — Ens. 12 pièces, belles épreuves.

155. Le Bourgeois. Tenez, Monsieur... (21). — Une mau-
vaise charge (22). — Les Bourgeois. C'est le printemps (29). — Actualités (30). — En Province après
les fêtes (43). — Actualités. Comment, c'est là l'illu-
mination (57). — Poésie. J'aime à voir (59). — Prose.
Bouvines.... (60). — Huit pièces, belles épreuves.

156. Au Jardin Zoologique. Oh! queu drôle de bête...
(33 *bis*). — Les Framboisy. Regarde, mon cher...
(71). — Portraits. Elle avait le nez rouge et bleu...
(73). — Les derniers flamands. Voyez-vous Monsieur...
(92). — Les derniers flamands. Et la fête des Rois...
(121). — Cinq pièces, belles épreuves *en tirage à part,
sur chine monté*.

157. Crinolinographies. M. Borsary... (80). — Les Etrennes (84). — Printemps (125). — Deportier (11). —
V. Frileux (13). — Mme Ristori (58). — Franç. Wilbrant (85). — Sept pièces, belles épreuves.

158. Juif et Chrétien (103). — Belle épreuve *sur chine
volant*.

159 Portraits : Galerie d'Uylenspiégel. Carman (3). —
Edouard (8). — Depoilier (11). — Barielle (15). —
Soubre (31), etc. Sept pièces, épreuves sur *chine
volant*.

160. Portraits : Edouard (8). — Depoitier (11). — Victor
Frileux (13). — Barielle (15). — Félis (24). — Soubre
(31). — Lassen et Wienawski (39). — Cornélis (46). —
Félix Godefroy (49). — Goosens (54). — Dix pièces,
belles épreuves.

161. Portraits : Ruggieri (55). — Ristori (Mme) (58). —
Robert (64). — Félix Bovie (68). — Nadar ainé (72).
— Steveniero (78). — A nos abonnés (83). — Franç.
Wilbrant (85). — Louis Sacré (88). — Neuf pièces,
belles épreuves.

162. Portraits : Félix Bovie (68). — Nadar aîné (72). — A nos
abonnés (83). — Antonin Clesse (91). — Edm. de Schampheleer (107). — Ferdinand Marinus (117). — Gevaert
(128). — La dernière incarnation de Vautrin (170). —
Huit pièces, belles épreuves *en tirage à part, sur chine
monté.*

---

163. Lettres autographes de J. Péladan, Ph. Burty,
Henri Liesse. Bon Goethals, Emile Hermant, etc.,
relatives à Rops. — Réunion de 26 lettres *(1 avec
croquis)*

164. Lettre autographe de F. Rops à Mars, (1er Mai 1876).
3 pp. in-8.

Très belle lettre relative à son illustration de Musset
pour Lemerre. « *Hélas, je ne suis plus l'artiste libre* » *que
tu as connu, je suis un nègre, un lansquenet à gages, un
fellah ; l'homme de Lemerre. !! — Je me suis rendu à cet
exploiteur de chair humaine pour trois ans, par contrat
tabellioné ! en échange d'un peu de gloire et de quelqu'or...*
La lettre est ornée de **Deux importants croquis à la
plume.**

165. Lettre autographe de F. Rops à Mars, datée de
Bruxelles. 4 pp. in 8.

Belle lettre ornée de *trois importants croquis* à la plume
de F. Rops, dont un représente « *La terrible créature que
je dois pourtraicturer demain* », *née dans le comté de Kent !*

166. Trois lettres autographes de F. Rops à Mars, datées
de 1789, relatives principalement à sa pièce « *Le Scandale* ». — On y a joint une reproduction de la dite
pièce.

167. Six lettres autographes de F. Rops à Mars, datées
des 19 juin 1876. 7 août, 11 oct. et 22 déc. 1877. et
du 4 avril 1879 ; 23 pp. in 8.

Très importante correspondance, toute relative à ses
œuvres, et ornée de *croquis originaux à la plume, et
d'une petite eau-forte.*

168. Rops peignant ses chères « *Olviérades* », *par Mars.
Epreuve signée.* — Lettre autographe de F. Rops à
Mars, 11 déc. 1877 ; 4 pp. in-8, *belle lettre relative à
ses œuvres.*

169. Lettre autographe de F. Rops à Mars, 13 août 1880 ;
4 pp. in-8, relative en autre à son attaque de goutte.
*On y a joint une reproduction de la planche « La
Goutte* ». — Lettre autographe de Rops à Poulet-
Malassis ; 1 pp. in-8. *sur papier avec en-tête « La Ma-
rotte macabre* ». — Devises et croquis autographes.
2 pièces. — Ens 4 pièces.

170. Correspondance autographe de F. Rops à Mars, datée
de 1877 à 1888. — Réunion de 23 lettres.

Très intéressante correspondance, toute relative aux
œuvres de l'artiste.

171. L'Anglaise Romantique. **Dessin original** à la plume, *avec légende, et lettre autographe à Mars au verso.*
H. 0.27 × L. 0.19.

171 *bis*. Le Buveur. **Dessin original** au crayon, signé.
H. 0.22 × L. 0.15.
Voir la reproduction.

171 *ter*. Paysanne du Gatinais. **Dessin original** au crayon. *signée.*
H. 0.20 × L. 0 14.

172. Théodora. **Dessin** inédit au crayon pour Sonnets et Eaux-fortes, *signé*.
H. 0.20 × L. 0.13.

173. Croquis divers. — **Dessin** original à la plume *signé*, contenant environ *24 croquis* de personnages et têtes d'études, au recto et au verso.
H. 0.24 × L. 0.31.

174. Vous rappelez vous le bon public de Namur ? *Dessin* à la plume, *signé*. — La Morte. Croquis divers et photographie, 8 pièces. — Paysage. *Dessin* du fils de Rops, etc. — Douze pièces,

---

175. **Almanach Crocodilien**, dédié aux étudiants belges. 1856. Petit in.8, *fig. de F. Rops*, cart., *couv. ill. (recto) conservée.*

176. **Baudelaire** (Ch.). Les Epaves. Pièces condamnées, galanteries, épigraphes, pièces diverses, bouffonneries. *Bruxelles*, 1874, in-12, *front. sur chine*, broché, *non rogné*.

177. **Béranger.** Les Gaietés de Béranger. 44 Chansons erotiques de ce poète, suivies de chansons politiques et satiriques recueillies dans ses œuvres prétendues complètes. *Amsterdam (Poulet-Malessis)*, in-12, *front. sur chine*, broché, *non rogné*.

178. **Camuset** (Dr. G.). Les Sonnets du docteur. *Paris*, 1884, petit in-8, *fig.*, broché, *couv. imp.*

    Edition originale, orné d'un front. par G. Clairin, d'une eau-forte par F. Rops, et d'un fac simile.

179. **Camuset.** Les Sonnets du docteur. 3e édition. *Paris*, 1893 ; in-8, *fig.*, broché. *couv. ill.*

    Edition ornée de 3 eaux-fortes de F. Rops et d'un fac simile.
    Tiré a 500 exemplaires.

180. **Carnet Mondain.** 1883. *Paris, Charpentier*, 1883 ; in-32, *fig. de Forain, F. Rops, Vierge, etc.* Cart. de l'édit., tr. dor.

181. **Le Centaure.** Revue trimestriel de Littérature et d'art. *Paris*, 1896, 2 vol. in-4, *pl. de F. Rops, Besnard, Leheutre, Fantin-Latour, etc.*, cart., *non rognés, couv. ill.*

182. **Champsaur** (F.). Les Bohémiens. Ballet lyrique en 4 actes et 9 tableaux. *Paris, Dentu*, 1887, in-12, *fig.*, broché, *couv. ill.*

    Premier tirage, orné de dessins par *Chéret, Detouche, L. Morin, F. Rops, Willette*, etc.
    Envoi de l'auteur à Mars et lettre ajoutée.

183. **Champsaur** (F.). Masques modernes. Frontispice par F. Rops. *Paris, Dentu*, 1889, in-12, *front.*, broché, *couv. ill.*

    Edition originale.

184. **Coster** (Ch. de). Légendes Flamandes, illustrées de 12 eaux-fortes par A. Dillens. Ch. de Groux, F. Rops. F. Roffaien, Ed. de Schampheleer, J. Van Imschoot, Otto Von Thoren, et précédées d'une préface par E. Deschanel. *Paris, Michel Lévy frères,* 1858, in 8, *12 fig. sur chine monté,* demi-rel. mar. vert avec coins, dos orné, tête dor., *non rogné.*

Edition originale.

185. **Coster** (Ch. de). Contes brabançons. Illustrations de MM. de Groux, de Schampheleer, Duvée, F. Rops. Van Camp et Otto von Thoren, gravées par W. Brown. *Paris, M. Lévy frères,* 1861, in-8, *fig.,* broché, *couv. imp.*

Edition originale, ornée de 8 planches hors texte.

186. **Coster** (Ch. de). La Légende et les Aventures héroïques, joyeuses et glorieuses d'Ulenspiegel et de Lamme Gœdzak au Pays de Flandres et ailleurs. Ouvrage illustré de 32 eaux-fortes inédites. *Paris, Lacroix, Verboeckhoven et C*ie*,* 1869, in-4, *pl*, broché, *couv. ill.*

187. **D'Ardenne** (Jean). Notes d'un Vagabond. Edition illustrée de compositions dans le texte par H. Cassiers, et d'une eau-forte par F. Rops. *Bruxelles, Kislemaeckers.* 1887, in-8, *front. et fig.,* demi-rel. chag. rouge avec coins, *non rogné.*

Edition originale.

188. **Darzens** (R.). L'Amante du Christ. Scène évangélique, en vers, représentée au Théâtre Libre le 19 oct. 1888. Frontispice gravé par F. Rops. *Paris, Lemerre,* 1888, in-8, *front.,* cart. bradel dos percal. bleue, tête rouge, *non rogné, couv. conservée.*

Edition originale.

189. **Delatre** (Aug.). Eau-forte, pointe sèche, et Vernis
mou. Préface de Castagnary, lettre de F. Rops. Gravures inédites par F. Rops, H. Somm, A. Point et
Delatre. *Paris*, 1887, petit in-4, *fig.*, broché, *couv. imp.*

> *Edition originale.* ornée de 6 planches hors texte, dont 1
> de F. Rops : *Maturité.*

190. **Delvau** (A.). Les Cythères Parisiennes. Histoire
anecdotique des Bals de Paris. Avec 24 eaux fortes et
un frontispice par F. Rops et E. Therond. *Paris, Denlu*
1864. in-12, *front. et fig.*, broché, *couv. ill.*

> *Edition originale.* — La couverture est détachée du
> volume et un peu plus courte.

191. **Demolder.** (Eug.). Trois contemporains. Henri de
Brakeleer, Constantin Meunier, Félicien Rops. *Bruxelles, Deman,* 1901, gr. in-8, *port.* — Quator. Avec
une couverture et 3 croquis de F. Rops et 13 orne-
mentations d'At. Morannes. *Paris, Mercure de France,*
1897, in-12, *fig.* — Ens. 2 vol., brochés, *couv. imp. et
ill.*

192. **Demolder** (Eug.). Félicien Rops. Etude patrony-
mique. Avec quelques reproductions brutales de
diverses inédites de Rops. *Paris, Pincebourde,* 1894,
in-8, *avec planches sur chine, signées,* broché, *couv.
ill.*

> **3 exemplaires,** dont deux sur *papier du japon* et 1 sur
> *papier de Hollande.*

193. **Dulaurens** (l'abbé J.-B.). Histoire de la Sainte
Chandelle d'Arras. *Bruxelles, Kistemaeckers, s. d.;*
in-12, *front.*, broché, *couv. imp.*

> *Tiré à 300 exemplaires.* — Frontispice de F. Rops, *signé.*

194. **Gislain** (F.). Des Conflits entre Chasseurs, Fermiers et Propriétaires. *Namur*, 1865, in-12, *front.*, broché, *couv. imp.*

    Edition originale.

195. **Glatigny**. Le Fer Rouge. Nouveaux châtiments. 3e édition. *France et Belgique*, 18;1, in-18, *front. sur sur chine, signée*, broché, *couv. imp.*

196. **Guiches** (G.). La Pudeur de Sodome. Frontispice gravé à l'eau-forte par F. Rops. *Paris, Quantin*, 1888, gr. in-8, *front.*, broché, *couv. imp.*

    Edition originale, tirée à 325 ex. sur *papier de Hollande.*

197. **Hannon** (Th.). Reines de joie. Edition définitive (augmentée de 12 pièces originales). Eau-forte par un artiste en renom. 2e mille. *Bruxelles, Kistemæckers*, *s. d.* (1884), in-12, *front.*, broché, *couv imp.*

    Nouvelle édition contenant les pièces supprimées dans celle de Cay et Doucé, 1884, ornée d'un frontispice par *F. Rops.*
    Lettre de Th. Hannon, ajoutée.

198. **Hugo** (V.). Edition définitive. Le Christ au Vatican. agrémenté d'une eau-forte par un artiste en renom. *Bruxelles, Kistemaeckers* (1882), in-2, *front.*, broché, *couv. imp.*

    Deux exemplaires, dont 1 avec le front. de F. Rops, *signé.*

199. **Huysmans** (J.-K.) Certains. G. Moreau, Degas, Chéret, Whistler, Rops, etc. *Paris, Tresse et Stock*, 1889 ; in-12, broché, *couv. imp.*

    Edition originale.

200. **Kahn** (G.) Félicien Rops. 18 dessins sur papier mat
de grand luxe, 28 illustrations teintées. 1 gravure et
3 planches en quatre couleurs. — **Klein** (Rudolf),
Félicien Rops. 5 planches en 4 couleurs et 48 illustrations teintées. *Paris, lib. artistique et littéraire,
s. d*, 2 ouvrages en 1 vol. in-4, *planches*, cart. de l'édit.

201 **Lemonnier** (C.). Etudes sur quelques artistes originaux. Félicien Rops, l'Homme et l'Artiste. *Paris,
H. Floury*. 1908, in-4, *fig. et pl. hors texte*, broché,
couv. ill.

202. **Mendès** (C.). Le Roman d'une Nuit. Comédie.
Avec une eau-forte de F. Rops. *Paris, H. Doucé*,
1883, in-12, *front.*, broché, *couv. imp.*

Edition originale.

203. **Michaeven** (Mme Clémence). Légendes Nationales.
Lectures destinées à la jeunesse belge. Illustré de
4 dessins de F. Rops. *Bruxelles, Parent*, 1858, in-8,
4 fig. sur bois, Cart. toile de l'édit.

Premier tirage.

204. **Piedagnel** (A.) J.-F. Millet. Souvenirs de Barbizon.
Avec 1 portrait et 9 eaux-fortes par Ch. Beauverie,
L. Lalanne, Ad. Lalauze, Piguet, F. Rops, St-Ray-
mond et A. Taiée et un fac-simile d'autographe.
Paris, Ve A. Cadart, 1876, in-8, *pl.*, broché, *couv.
imp.*

Edition originale, tirée à 500 ex. sur *papier vergé de
Hollande.*

205. **Polet de Faveaux**. Suarsuksiopok ou le Chasseur
à la Bécasse par Sylvain. *Paris, Goin*, 1862, in-8, *fig.
et pl*, broché, couv. ill.

Edition originale. — Sylvain est le pseudonyme de M.
Th. Polet de Faveaux, beau-père de F. Rops.

206. **Polet de Faveaux** (Th.). Le Chasseur à la Bécasse,
par Th. Polet de Faveaux (Sylvain). *Paris, Goin, s. d.*
(1869) ; in 12, *fig* , broché, *couv ill.*

207. **Péladan** (J.). Le Vice Suprème. Préface de J. Bar-
bey d'Aurevilly. Frontispice de F. Rops. *Paris*, 1884,
in-12, *front* , broché, *couv. imp.*

Edition originale. — Mouillure.

208. **Péladan** (J.). Femmes honnêtes ! Avec un frontispice de F. Rops et 12 compositions de Bac. *Paris,
Ed. Monnier*, 1885, in-8, *fig.*, broché, *couv. ill.*

Edition originale.

209. **Péladan** (J.). La décadence latine. Ethopée II.
Curieuse ! Frontispice à l'eau-forte de F. Rops. *Paris,
A. Laurent*, 1886, in-12, *front.* , broché, *couv. imp.*

Edition originale. – Un des 10 ex. sur *papier du japon*,
contenant une seule épreuve du frontispice.

210. **Ramiro** (E.). L'Œuvre lithographiée de F. Rops.
Orné de 7 reproductions de lithographies en taille
douce. *Paris, Conquet*, 1891, gr. in-8, *pl et fig.*,
broché, *couv. imp.*

Exemplaire contenant le *tirage à part* des illustrations du
texte, *et avec les planches hors texte en 2 états, dont 1 avec
remarque.*
Env i de l'auteur, et lettre autographe, ajoutée.

211. **Ramiro**. (E.). Supplément au Catalogue de l'Œuvre,
gravé de F. Rops. Illustrations de F. Rops, fleurons
et culs-de-lampe par A. Rassenfosse. *Paris, F. oury*,
1895, gr. in-8, *fig.*, broché, *couv. ill.*

Tiré à 500 ex. sur *papier vélin.*

212. **Ramiro** (E.). Etudes sur quelques artistes originaux.
Félicien Rops. *Paris, Pellet ; Floury,* 1905 ; in-4, *fig.
et planches hors texte,* broché, *couv. ill.*

213. **La Sphère de la Lune** composée de la tête de la
femme, par Mlle de B****. Nouv. édition, augmentée
d'un avant-propos. *Bruxelles, Gay et Douée,* 1881 ;
in-12, *front.,* broché, *couv. imp.*

> *Tiré à 500 exemplaires.* — Frontispice de Rops, *signé.*

214. **Stewart** (John). Economie de l'Ecurie. Manuel
contenant les soins à donner aux chevaux, la disposi-
tion des écuries, etc. Ouvrage orné de planches sur
chine et de gravures intercalées dans le texte. *Paris ;
Leipzig,* 1860, in-8, demi-rel., bas rouge.

> Ouvrage rare, orné de 20 figures dans le texte et de
> 4 planches hors texte lithographiées, *dont 2 de F. Rops.*

215. **Tinan** (Jean de). Un Document sur l'impuissance
d'aimer. *Paris,* 1894, in-12, *front.,* broché, *couv. imp.*

> *Edition originale,* tirée à 300 ex. *sur hollande.*

216. **Uylenspiegel au Salon,** par les auteurs des Cosa-
ques. Revue de l'Exposition de 1857. Dessins de M. Félicien Rops. — **Uylenspiegel au Salon,** revue de
l'Exposition de 1860. Dessins de Félicien Rops. —
Almanach d'Uylenspiegel, pour 1861. Dessins de
Félicien Rops. *Bruxelles,* 1857-1861, 3 vol. in-8, *fig.,*
brochés, *couv. ill.*

> *Rares.*

217. **Uzanne** (O.). Les Zigzags d'un curieux. Causerie
sur l'Art des Livres et la Littérature d'art. *Paris,
Quantin,* 1888, petit in-12, *fig.,* broché, *couv. ill.*

> *Edition originale,* tirée à 1.000 ex. sur *papier vergé de
> Hollande.*

218. **Uzanne** (O.). La Française du siècle. La Femme et la
Mode. Métamorphoses de la Parisienne de 1792 à
1892. Edition illustrée de plus de 160 dessins inédits
par A. Lynch et E. Mas, front. en couleurs de F. Rops.
Paris, anc. M^on Quantin, 1892, gr. in-8, *fig.*, broché,
couv. ill.

Edition tirée à 955 exemplaires sur *papier vélin*. — Envoi
d'auteur à Mars, et carte de visite, ajoutée.

219. **Verlaine** (P.). Chair (Dernières Poésies). *Paris, Lib.
artistique et littéraire*, 1896, in-12, *front. de Rops*,
broché, *couv. imp.*

Edition originale.

220. **Vero'a** (Paul). Les Baisers morts. Frontispice de
F. Rops. *Paris, Bibliothèque artistique et littéraire*,
1893, in-18, *front.*, broché, *couv. imp.*

Edition originale.

221. **Villiers de l'Isle-Adam**. Chez les Passants (Fantai-
sies. Pamphlets et Souvenirs). Frontispice de F. Rops.
Paris, Comptoir d'Edition, 1890, in-12, *front.*, broché,
couv. imp.

Edition originale.

222. **Hippert et Linnig**. Le Peintre-graveur hollandais et
belge. *Bruxelles*, 1874-1879, 3 vol. — **Œuvre** gravé de
F. Rops. *Bruxelles*, 1879. 1 vol. *Tiré à 10 ex. (2 exem-
plaires)*. — **Béraldi** (H.). Les Graveurs du xixᵉ siècle.
Tome XI *(contenant le catalogue de l'œuvre de F. Rops)*.
Paris, 1891, 1 vol. — **La Plume**. Numéro spécial
consacré à F. Rops. *Paris*. 1896, 1 vol. *(2 exemplaires)*.
— Ens. 8 vol. in-8, brochés, *couv. imp. et ill.*

223. Ouvrages divers relatifs à Rops. Réunion de 16 vol.
ou brochures.

Lemonnier (C.). Nos Flamands. *Paris et Bruxelles,* 1869; in-8. *Lettre autographe ajoutée.* — **Caume** (P.). Les R psiaques. *Londres,* 1898; in-12. *Tiré à 100 ex.* — **Blei** (Franz). Félicien Rops. Mit siebzehn vollbilden. *Berlin,* s. d., in-18, *fig.* — **Champsaur** (F.). Le Défilé. *Paris, Havard,* 1887, in-12, *Lettre autographe ajoutée.* — **F. Champsaur.** Etude littéraire par S. Delaville. Portrait par F. Rops. Paris, 1897, in-12, *2 exemplaires.* — **Delvau** (A.). Au bord de la Bièvre. Nouv. édit. *Paris,* 1873, in-12, *front.* — **Quelques-uns** des livres contemporains en exemplaires choisis, curieux ou uniques, tirés de la Bibliothèque d'un écrivain et bibliophile parisien (O. Uzanne) et qui seront livrés aux enchères. *Paris,* 1894, in-8, *2 exemplaires.* — **L'Art et le Beau.** F. Rops, par G. Kahn (*2 exemplaires*), et par Rud. Klein. 3 vol. in-4, *pl. et fig.* — **L'Artiste.** Quatre numéros de 1876, 1884, 1890 et 1893, contenant 4 eaux-fortes de Rops : *Souvenirs de Barbizon ; Le Vice suprême ; Le Bassoniste,* et *Chez les Shakers,* 4 vol. gr. in-8.

Estampes et Dessins Modernes

OUVRAGES DIVERS

GAVARNI

224. Les Parisiens. Suite complète de douze pièces, belles épreuves sur *chine monté*.

225. — Albums Comiques. Œuvres nouvelles de Gavarni : Carnaval. 50 planches. — Impression de Ménage. 2ᵉ série. 25 planches sur *chine monté*. — Baliverneries parisiennes. 24 planches. — *Paris. Journal amusant*. etc., s. d. Ens. 4 albums in-4, brochés, *couv*.

226. — Etudes d'enfants. 6 pièces. - Lithographies publiées par l'Artiste. — Caricatures diverses, etc. Réunion de 32 pièces

LEGRAND (Louis)

227. Au Cap de la Chèvre. Suite de une couverture et de 15 lithographies *sur chine monté*. Belles épreuves.

228. — Les Petites du Ballet : La Fille à sa tante ; La Première leçon ; de la barre. 3 pièces. — La Femme au parapluie, etc — Six pièces, très belles épreuves sur *japon. 2 signées*.

On y a joint : Un Catalogue de l'Exposition Louis Legrand, 1914 ; 4 cartes d'invitation, prospectus, etc.

LUNOIS (Alex.)

229. A la Fontaine. — Dans le Sud Algérien. — Deux
lithographies. Très belles épreuves *imprimées en
couleurs, signées (1 sur chine volant)*.

MANET (Ed.)

230. Lola de Valence, en danseuse. Belle épreuve.

PAILLARD (H.)

231. Constantine. Village arabe. — Gorges d'El Kantara.
— Alger. Mosquée de Sidi-Abderrhaman. — Constantine. — Quatre pièces, belles épreuves *d'artistes,
signées et dédicacées à Mars*.

RENOUARD (Paul)

232 Eaux-fortes sur l'Opéra : Bons Conseils ; Après la
leçon ; Escalier de la classe ; Exercice à deux ; Le
Comparse ; Visite sur les toits, Le Harpiste ; Hamlet,
le Spectre ; Le Charpentier de l'Opéra, Le Charpentier en retraite ; Toits de l'Administration ; Loge
directoriale. — Douze pièces, très belles épreuves
signées. (On y a joint deux couvertures ; Le Pompier
au 9e étage, et 1re page d'exercices) ; soit 14 pièces.

RIBOT (Th.)

233. Sujets culinaires. — Cadart. — E. Cardon. — La
Prière — Le Contrebandier. — Nature morte, etc. —
Quinze pièces (1 d'après Ribot).

BARIC; GŒNEUTTE (V.)

234. A la Campagne. Embrassez vos dames !! — Au Salon.
Deux dessins originaux à la sanguine et à la plume,
signés.

GAVARNI

235. — *Mon cher, j'avais fait une femme, et...*
— *T'as été refait.*
Dessin original, plume, aquarelle et gouache, *signé
et légendé*.
H. 0.32 × L. 0.21

GRÉVIN (A.)

236. Costumes de fantaisie. - **Six dessins** à la gouache,
signés.

ISRAELS

237. Enfants de pêcheurs au bord de la mer. **Aquarelle**
gouachée originale, *signée*.
H. 0.145 × L. 0.26.

MARIE (Adrien)

238. Types de Londres. — **Deux dessins** à la mine de
plomb, *signés*.

239. Etudes diverses, guerriers, sujets d'enfants, etc. —
Réunion de **22 dessins** à la mine de plomb et à la
plume, signés.

MONNIER (H.)

240. Trois Bourgeois. — **Dessin original** au crayon noir,
avec quelques rehauts de blanc, *signé et daté de 1860*.
H. 0.25 × L. 0.21.

241. **Alexandre** (A.-I.). Honoré Daumier, l'Homme et l'Œuvre. Ouvrage orné d'un portrait à l'eau-forte, de 2 héliogravures et de 47 illustrations. *Paris, Laurens*, 1888, gr. in-8, *fig.*, broché, *couv. ill.*

242. **Armelhaut et Bocher**. L'Œuvre de Gavarni Lithographies originales et essais d'eau-forte et de procédés nouveaux. Catalogue raisonné, orné d'un portrait inédit de Gavarni, et de 2 lithographies et 1 eau-forte de cet artiste *Paris, Lib. des Bibliophiles*, 1878. — **Goncourt** (Ed. et J. de). Gavarni l'homme et l'œuvre. Ouvrage enrichi du portrait de Gavarni, gravé à l'eau-forte par Flameng, et d'un fac simile d'autographes. *Paris, Plon*, 1873. — Ens. 2 vol. in-8, *pl.*, brochés, *couv. imp.*

243. **Bazire** (Edm.). Manet. Illustrations d'après les originaux et gravures de Guérard. *Paris, Quantin*, 1884, in 8, *fig. et pl.*, broché, *couv. imp.*

244. **Champfleury**. Henry Monnier, sa vie, son œuvre, avec un catalogue complet de l'œuvre. 100 gravures fac-similé, et un front. colorié à l'aquarelle. Nouv. édition, revue et augmentée. *Paris, Dentu*, 1889, in-8, *fig.*, broché. *couv. imp.*

245. **La Bédollière** (E. de). Londres et les Anglais, illustrés par Gavarni. *Paris, Barba, s. d.* (1862) ; gr. in-8. *fig.*, broché, *couv. ill.*

Premier tirage.

---

246. Sous ce nᵒ, il sera vendu en 5 lots : 1º 58 dessins et aquarelles modernes de Randon, Alph. Lévy, Portaëls,

Lavrate, etc. ; 2° 1 lot de brochures et catalogues relatifs à F. Rops ; 3° 1 lot de reproductions d'estampes de F. Rops et de journaux divers relatifs à cet artiste ; 4° 1 lot de caricatures diverses de Gavarni, Daumier, H. Monnier, et 5° 4 vol. de Th. Hannon, Michaeven et Demolder. Ex. sans les front. et figures.

SUPPLÉMENT

247. Billet à ordre (Ramiro 4). — Billet à désordre. Deux pièces, belles épreuves tirées sur *papier timbré*, avec *autographes à Mars*. — On y a joint *1 lettre autographe* de F. Rops, datée du 15 avril 1877 (relative à ses œuvres), 4 p. 1/2.

248. Catalogues de la Collection T***, 5-6 avril 1897 et de la Collection Lemasson, 17 février 1912. — Deux catalogues ornés de *6 portraits-croquis de* **Mars** : *Portraits de MM. Sagot, Deman*, etc.

249. Catalogue de la Bibliothèque de E.-C.-A. Legrand, 5-10 février 1912. Orné de *10 portraits-croquis de* **Mars** : *Portraits de MM. Albinet, Durel, Rahir, Lemallier, Carteret, Gougy*, etc.

250. Catalogue descriptif et analytique de l'Œuvre gravé de F. Rops, par E. Ramiro. *Paris, Conquet, 1887*, 1 vol. — Supplément au Catalogue de l'Œuvre gravé par F. Rops, par E. Ramiro. *Paris, Floury, 1895*, 1 vol. *Ex. contenant 3 états des 6 planches hors texte, 20 fleurons et culs de lampe par A. Rassenfosse, et 35 croquis par F Rops, en tirage à part, à la fin du volume.* — Complément au Catalogue descriptif de l'Œuvre gravé de F. Rops. *Bruxelles, Deman, 1893*. — Numéro spécial de la Plume consacré à F. Rops, 1896. — Ens. 4 vol. in-8.

Dessins Originaux de MARS

251. A l'Opéra. — *Diles-moi Senor Castagnetas*.....
Dessin plume et crayon, *signé*.
H. 0.28 ; L. 0.22.

252. Tendresses. — *Quoi qu'elle a, ma poulette cérie ?*....
Dessin plume et crayon, *signé*.
H. 0.25 ; L. 0.20

253. Le pied. — *en attendant la main*.
Dessin à la plume, *signé*.
H. 0.30 ; L. 0.24.

254. Garden-Party.
Dessin plume et crayon, *signé*.
H. 0 35 ; L. 0.30.

255. Coulisses.
Dessin à la plume, *signé*.
H. 0.25 ; L. 0.19.

256. Dans l'île Sta Marguerite.
Dessin au crayon. *signé*.
H. 0.20 ; L. 0.35.

257. A. Cargèse (Corse).
Dessin au crayon, *signé*.
H. 0.27 ; L. 0.28.

258. Sur la Riviera.
Dessin au crayon, *signé*.
H. 0.27 ; L. 0.20.

259. Merci Saint-Nicolas! Pages d'enfants.
Deux dessins contenant 12 sujets, à la plume, re-
haussés de crayon bleu, *signés*.
H. 0 40 ; L. 0.27.

260. Une 1re à l'Opéra.
Dessin aquarellé, *signé*.
H. 0.20 ; L. 0.15.

261. Portrait d'Alphonse Karr.
Dessin au crayon *signé* et *dédicacé de la main d'Alph.
Karr : St Raphaël, Maison Close, 9 avril 1888.*
H. 0.24 ; L. 0.17.

262. Soupeurs.
Dessin plume et crayon, *signé*.
H. 0,31 ; L. 0.25

263. Plaginette. — *Il ne vous gêne pas un peu, dites donc
notre petit costume ?....*
Dessin plume et crayon, *signé*.
H. 0.27 ; L. 0.20.